KB116197

움직이는 벽화

움직이는 벽화

—

초판 1쇄 2023년 3월 3일
지은이 김부기
펴낸이 김영재
펴낸곳 책만드는집

—

주소 서울 마포구 양화로 3길 99, 4층 (04022)
전화 3142-1585·6
팩스 336-8908
전자우편 chaekjip@naver.com
출판등록 1994년 1월 13일 제10-927호
ⓒ 김부기, 2023

—

—

ISBN 978-89-7944-829-0 (04810)
ISBN 978-89-7944-354-7 (세트)

책 만 드 는 집   시 인 선 2 1 4

움직이는 벽화

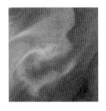

김부기 시집

책만드는집

　태어나서 지금까지 통영 땅을 떠나 살아본 적이 없다. 내가 태어난 마을을 떠난 적은 더더욱 없다. 달리 말하면 집에서 시내를 오간 거리가 내 평생의 생활 반경이다.

　그래서 내 스스로를 우물 안 개구리라 자처하곤 한다. 그만큼 나의 견문이 좁기도 할 것이다. 현재까지 살아온 나의 전부를 대변하는 말이지만 이는 내 겸손의 다른 표현이기도 하다.

　우물도 아닌 그 안의 한 미물에 지나지 않는 나의 그릇. 그것이 나에게 주어진 그릇이라 여기며 살아가고 있다.

　여자중학교에 입학하여 집으로 돌아오는 하굣길의 버스 안에서 한실·민짐마을을 지나 사릿개고개에 이르러 바라보는 사량만의 풍광은 언제나 나로 하여금 시인의 마음을 갖게 해주었다.

　바다 위로 펼쳐지는 일몰은 환상을 심어주었고, 그건 나의 이상이었으며 수수께끼였고 먼 동경의 세계였다. 나의 마음을 아릿하게 또는 풍요롭게 해주었다. 일몰 너머의 세계는 또 어떠한지 아득한 그리움을 안겨주기도 했다.

사량만의 월출 풍경이 그랬으며, 지금도 여전히 나를 설레게 하는 곳이다.

그렇게 세월을 보내고 맞이하면서, 그때처럼 온 세상이 순수하고 아름답게 비쳤던 때가 있었던가.

내 평생 경제적으로 여유로웠던 때가 없었다. 가난은 언제나 나를 힘들게 했고 지치게 했고 좌절하게 했으나 역경 속에서 나를 가르쳐 지금을 있게 한, 이제는 나의 스승이 된 셈이니 감사할 따름이다.

그것이 나의 복이려니, 그리고 친구려니 하고 안아 들이니 내가 한 뼘 정도 더 깊어진 게 아닌가 싶다.

어려운 고비 고비 건널 때마다 살얼음판이었고, 예측할

수 없는 앞날은 불안하기만 했다. 그렇게 숨을 조이는 긴장의 나날들이었다.

지나온 삶의 경험을 가지고 그때로 가서 새롭게 살아와 봤으면 싶지만 부질없다.

다른 건 알 수 없으나 분명한 것이라면 내가 갈구하던 세계를 살고 있고, 나의 생활이 내가 원하던 바 그 자리에 놓여 있다는 것이다.

발레리나의 꿈을 접고 그 꿈을 달리할 수 있었던 분야가 문학이며 시를 쓰는 길이었다. 그 길이 나를 대신할 수 있었고 나를 보듬을 수 있었다. 그러기에 나의 시들은 내 마음속의 세계를 시라는 도구를 빌려 표현해 낸 자화상이며, 시집은 그 시에 대한 보고서인 셈이다.

다시 말하건대 우리 마을에서 태어나 지금까지 살고 있는 것 외에는 아무 자랑할 게 없다. 그것만이 나의 자랑이다.

나에게서 고향만 한 곳은 없다.

나를 낳아 길러 키워준 그 은혜를 받아 누리는 한 사람으로서 내 탄생의 요람이자 시의 영감을 주는 영원한 나의 사랑 우리 마을 우릿개에 경배하고 싶다. 고향은 내 시의 자양분이며 원천이기에.

이 한 권의 시집이 나의 고장에 바치는 헌사이자 고향에 보답하는 조그마한 선물이 된다면 큰 영광으로 삼으리.

그동안의 시들을 모아 세상에 내놓으니, 나의 작은 역사가 된다. 이는 끊임없이 나를 성찰하는 구심점이 될 것이다. 그리고 내 삶의 절정이자 정점이 될 것이기도 하다. 오래도록 그 자리에 그렇게 머물러 있었으면 한다. 비록 사치한 일이며 허무한 일일지라도 말이다.

내가 마무리해야 할 몇 가지 중 맨 처음 가지는 결산이다. 이 시집의 의미가 큰 이유이다.

오랜 숙제이자 바라왔던 꿈 하나를 이루었다.

시류詩流를 따르거나 거기에 편승하지 않고 나만의 詩業을 지키고 가꾸며 쌓아갈 것이다.

새로운 시작의 출발이다.

순발력이 부족한 나에게 팍팍한 이 세상이 어찌 버겁지 않았으랴. 헤아리기조차 까마득한 그 과정들을 헤쳐 나온 내 자신에게도 박수를 보내며, 호흡을 가다듬어 크게 한번 널을 뛰어본다.

내 삶의 현장이자 서재이며 음악실이며 갤러리이면서 문학의 산실로 오랜 시간 나와 함께하고 있는 '하얀집casablanca'에도 고맙다.

살면서 품위를 잃지 않으려고 애썼으나 때로는 잃기도 했을 것이다.

시를 쓰는 작업은 나의 위로이자 즐거움이다.

내 남은 삶은 원고를 퇴고하듯 살리.

나의 노래, 나의 음악이여! 아름다운 날들과 달빛 같은 추억들이여! 세상을 바라보는 안목을 넓혀주면서 내 영혼과 정신을 햇빛에 널어 말리고 살찌우며 가게 한 가없는 시간과 훌륭한 서책들이여! 그 속에서 만난 인생의 선배들과 지성인들이여! 밤하늘의 별빛같이 나의 가슴속에서 영원히 반짝여라.

지금의 나를 있게 해준 나의 모교들에도 큰 영광 있으라.

2023년 3월
봄이 오는 길목에서
김부기

| 차례 |

2부 포구에서

3부   그 가슴엔 듯

4부 축배의 노래

5부   시적 변주詩的變奏

1부

서정 시편抒情詩篇

시냇물의 노래

그저
고요히
골짜기와 들녘을
낮은 물로 흐르다가
아득히
흘러 닿은 벌 끝에서
방울꽃
해맑은 노래로
그대
지친 넋
일깨워
눈뜨게 하고
생명의 물 오르게 하여
춤추게 하는
사랑이고 싶소.
나를 다 드리고도
모자라는

입춘立春

뜨락이 비에 젖는다.

창을 열면
하늘은 성큼
감나무 가지 끝에 내려와 앉고

안개비에 싸인 앞산
닿을 듯 아득하나.

장독대 개나리
봄 채비 서둘러도

마을은
온종일 빗소리에 묻혀
마냥
적막하기만 한데

겨우내 옹송그렸던 춘란이

수줍은 가슴 조이며
살며시 사립을 연다.

귀로歸路

집으로 가는 길은
노을이 고와서

숲 그림자
얼비치는 바닷가에
나를 세운다.

어스름 수묵으로 펼쳐진
바다는 한 폭의 그림
그 가장자리에 낙일이
낙관으로 찍혀 있는

가슴으로 인화한 그림 한 점
지니고 돌아서는 귀갓길

옛이야기 이끼 낀 돌담 언저리
낮게 드리운 이내로 감싸인
마을로 들어서면

지친 내 영혼
살포시 안아주는
동구 앞 느티나무

나의 방

서녘 바다 고운 놀
문을 밀고 들어와

내 방 좁은 벽에
그림으로 드리우고

작설차 맑은 향기
휘어 도는 어스름

사무친 단소 가락에
설움이 녹아

번뇌도 껴안는
호젓한 한때

나
여기
홀로라도 행복하여라.

만추晩秋

가을 하늘에 감잎을 우려
차를 내리다.

찻잔에는
흰 구름이 흐르고

감나무 가지 끝
하나 남은 까치밥은
혼자 붉어 수줍다.

간밤의 소슬바람은
잔물결 속에 잠겼어도

물무늬 너머로
가을빛 싱그러워

감잎차 한 잔에
내 가슴
주황빛으로 단풍 들것다.

만추 2

가랑잎 바스락대는
봉숫길 숲길을 돌아
가을을 만나러 용화사로 간다.

해월루 연못가
단풍나무 은행나무 삼나무 고로쇠나무
색동으로 차일 치고
굿판이 한창인데

만추의 정념에 혼불을 지폈는가
꽃의 정령을 부르는 초혼제인가

노랑 저고리 빨강 치마
쪽빛 쾌자 칠보족두리에
요염한 춤사위
눈부신 자태가
황홀해서 꿈결 같구나.

금잉어 한가로운 연못에는
단청이 얼비치고
풍경 소리도 단풍 들어
오색으로 쟁그랑거리니

잇물 들어 달뜬 가슴
지그시 누르며
나는
혼자
수줍다.

월광곡

물결도 잠이 든
바다 위로

맑고 서늘한
별들이 뜬다.

뭍이 그리운
작은 섬은

만선의 꿈에 떠밀려
저만치서 포구를 기웃대는데

물새도
돌아간 이 밤

은하수에
배 한 척 띄워

나는
달빛으로 노를 젓는다.

누구십니까

구름을 훌려
낮달을 지우고 가더니
하늘을 대청소하느라
진종일 장대비를 퍼부었다.

비 그치는 자리
바닥까지 드러나는 명징한 어둠을
팔 걷고 건져 올린다.

솔바람 가지 사이로 흩어지는
그리움 몇 조각
닿을 수 없는
공중의 별로 쏘아 올렸다.

은빛 가루 부딪는 기척에
놓치고 온 젊은 날의 뒤안길
가만히 들여다보게 하는

밤의 고요를 닦고 있는 이

누구십니까 2

별이 기울던 간밤에
달빛으로 어둠을 씻어내더니

빚은 땀은
이슬로 떨구시네.

낮은 소리 하나라도 놓칠까
깊은 울림으로 새겨듣게 하며

고요한 기침으로
삼라만상을 일으키시네.

몇 겹의 어둠을 헹구고 헹구던
손길의 흔적은 지우고

마음까지 정제된
증류수 같은 신새벽을

아무도 모르게 이끌고 계시는 이

겨울 서정 · 1

쨍그랑

꽁꽁 얼어붙은
수돗가

내 손을 놓친
얼음이
소스라치게
깨어진다.

고드름처럼
귓가에 매달리는
투명한 소리

공명共鳴도
맑다.

조각난

얼음 위에

실금 같은
햇살이 얹힌다.

겨울 서정 · 2

청명에
잠긴,

사방이
유리알 속 같다.

눈부심도
모자라

하늘 더욱
높다랗게
밀어 올리는

한촌閑村의
오후

멀리
무리 지은 겨울새

된바람
거느리고

북녘을
관통하고 있다.

조춘早春

웅달진 산비탈
한갓진 바위 틈새

곧은 듯 휘어지며
가는 잎새 길게 뻗고

겨우내 기다리던 춘란이
기지개 켜듯 꽃망울 터뜨린다.

봄빛으로 가슴 적신 꽃잎은
느릅나무 까치와 손님 맞고

얼음 풀린 실개천
물소리 너머로
푸르름은 고요히 번져가는데

어디선가
가야금 줄 고르는 소리

2부

포구에서

카사블랑카casablanca*

날마다 영혼을 맑히는
글과 벗하여

마음껏 바라볼 수 있는
강구안江口岸 바다가
정원이 된 풍경 속을
시가 음악처럼 흐른다.

또 다른 내가 된
나의 안식처

넘치지도
모자라지도 않게

그냥 이대로
영원을 꿈꾸다.

* '하얀 집'이란 뜻의 스페인어.

카사블랑카 2

향기로운
갖가지 생의 노래
부려놓으며
모였다 흩어지면

멈춘 듯
흐르는 듯한
강구안 바다에게도
자리를 내어주면서

내 편한 사람들과
생각을 키우고
마음은 더 풍성하기

안부가 궁금한 계절을
그리워도 하고
기다려도 보며

나를 알아가는 곳
나를 만들어가는 곳

음악처럼
풍경처럼

카사블랑카 5

흔한 달력
무심히 걸려도

애정으로 마주 서면
특별한 화보 되고

배경으로 깔리는 적막은
사랑이라는 또 다른 이름

적요를 품은
그림들의 내력
바다로 흐르고 있을까

모두를 아는 듯
가슴 트인 창에다
날마다
역사를 쓰는

하얀집의
움직이는 벽화

강구안 풍경

날마다

강구안 바다
잔잔한 물결이
나에게로 흘러와
음악이 되고

그 음악
다시
강구안 바다
잔잔한 물결로 흐르네.

땅에서 하늘로
하늘에서 바다로
온 누리 넘나들며
번지듯
젖어 흐르면

나,
꿈을 꾸는 듯
영원으로 흐르네.

태풍주의보
– 섬사람

배 뜨지 않아
뭍에 갇힌
그 사람

가슴이 타는 줄
바람은 알까

마음은 섬인데
몸은 뭍이고

섬에 이르지 못한 몸
뭍의 이방인

섬을 잃고
길을 잃고
그를 잃다.

유월과 저녁

누구도 그려낼 수 없는
저 스스로
아름답고 충만한 계절 돌아와

해 기우는 쪽으로
마을도 따라 기울면

낮은 등을 켠 버스가
미끄러지듯 다가와서는
어둠이 묻어오는 길 쪽으로
소리 없이 멀어져 가고

노을 아래에서
들녘과 하나 된 어머니가
밀레의 이삭줍기나 만종보다 더 빛나는
한 점 그림이 되는 사이

은은한 종소리

어디에서 늘려올 것만 같은
성자_{聖者} 같은 밤

처마 끝으로
등불 하나둘씩 내걸릴 즈음

유월은
복숭앗빛 곱게 차린 서녘 하늘을 잡아당겨
만찬에 어울리는 잘 익은 배경 하나
초대받은 사람들의 바다 위에 걸어준다.

어제의 우산

오늘의 바다에 뜬
검정 우산에
어제의 바람이 구겨져 있다.

'우우' 날아오를 듯
회오리 소리도
그대로 얹혀 있는

그들만의 치열했던 전투를
읽고 있는 사이로

앙탈을 부리는 비바람을 만나
참담했던,
어제 오전의
내 모습이 끼어든다.

물리적으로든
지금은

격렬한 마찰에서 평정을 되찾았고

밀물과 썰물 아래
고요히 흐르는 평화처럼

구겨진 바람이
다시 저 우산을 펴주리.

달밤 · 1

교회당
종탑 아래

달빛
내려와
눈처럼 쌓였다.

뽀드득

눈目으로도 만져지는
그만큼의 하얀 부피

이 마음 밀고 나가
저 전경小景 속의
나 되고 싶은 무렵

포구도
한 점 수묵화로

그림자를 앉혀

뱃전에 흔들리며
고요를 받든다.

달밤 · 2

바다로 내려온
교회당과
종탑에

잔바람 타고
달빛
밀린다.

한 폭의
산수화 같은

저 은은함
깨뜨릴까,
항구의 불빛들도
몸을 낮춘

준비하지
못한

어느 날의 내 이별도
저와 같았으면

움직이는 벽화

내 살아서 그 속에 새겨지는
꽤 훌륭한
벽화 한 점 있네.

내가 그리지 않아도
절로
화폭에 담기는 그림

환한 바탕에
비는 빗금을 그어대고
해는 불멸의 기상으로 햇살을 뿌리고
구름이 천의 얼굴로 단장하여 문안 오는데
어쩌다 폭설이 내려
제 모습의 꽃사태를 일으킬 때
나의 눈은 호사롭고
바닷새가 날아와서 발자국을 찍어
화석化石의 신화를 이룩하는
또 하루의 역사

안과 밖의
통로이며 관문인
투명한 그 가슴에

별이 박히고
달이 뜨고

다시 별이 돋고
달빛이 흘러드는 정원에
저 심연의 바다도 띄웠네.

자연이 중심이 된
화면 속으로
물살 가르며 돌아오는 고깃배와
아침을 열고 저녁을 맞이하며
갯내음 질펀하게 분주한 항구로

깃발 드높게 휘날리며
역동하는
나의 벽화는
오늘도
만선이어라.

세상의 모든 소음과 잡음으로부터 보호하고
거르고 거른 고요 속에서
나!
천상의 소리를 듣네.
천상의 소리로 귀를 여네.

우리의
중후한 삶의 이야기도 새기는가
파르르
등불
긴장을 늦추지 않고
詩 같은 절창으로

여백을 채워가며
명암에다 농담을 섞고 있는

내 죽어서도 아닌
그 속에 살아서 나를 보는
한 폭의 풍속화

봄 마중 · 1

누가 걸어 갔을까
깊고 내밀한 겨울 장막을.

비밀에 부쳐진
여리고 키 작은 봄꽃들
수줍은 얼굴을 하고
그 어여쁨으로
드디어 기지개 켜시는 날

축복인 듯
후드득
빗소리 끼칩니다.

봄 마중 · 2

메마른 덤불 헐렁한 가지 사이로
편대를 가르며 숨바꼭질하듯 유영하는
텃새 떼의 군무群舞도 눈부신데

천상의 언어와 지상의 몸짓으로
분주한 아침을 나르며
수풀 위에 건설한 저들만의 낙원이
한없이 맑고 드높아서

오르는 언덕길 환해집니다.

봄 마중 · 3

즉흥교향곡인가

공중을 울리며
실바람 타고 건너오는
뱃고동 소리

바닷물 밴 저음을
깃발처럼 꽂고

굵고 느리게
수향水鄉의 봄을 저어 갑니다.

3부

그 가슴엔 듯

봄비 내리는 뜨락에서

마주한 하늘 한 자락 풀리어
나에게로 다가오더니
이내 비가 되어 흐른다.

무엇인가 무엇인가 꼭 환생할 것만 같은
이 고요한 속삭임에
나를 에워싼
세상은 설레고

먼 그날
고이 묻어두었던 슬픔 하나
젖은 가슴 속에서 뒤척인다.

茶차가 있는 시간

어디에고 몸 둘 곳 모르는 시간에
눈부신 햇살
찻잔으로 가리고
나를 기울이면

만사 제치고 떠나는 이들의
침묵의 말과
행복스런 그림자가 보인다.
무작정 저어 가던
우리의 분별없던
사랑의 물살도 보인다.

찻잔 속에 어리는
지난날의 잔영이
꿈결만 같다.

어떤 山

언제부터였는지
눈 감으면 어렴풋이 떠오르는
山 하나 있었다.

보일 듯
잡힐 듯
찾아 나선 길은 가도 가도 안개뿐
어디에도 山門은 열렸고
어디에도 山門은 없었다.

홀로 간직하는
아픔이 적막으로 자라나
떠나온 길만큼의
숲을 이뤘다.

모춘暮春

山寺 접어드는
외진 모롱이
한 줄기 미풍에
꽃잎이 날린다.

햇살은 나뭇잎 사이로
조각조각 흐느끼고
나무도 덧없어
뒤척이는데

적요한 오솔길
꽃잎 따라 헤어 가면
꿈결처럼 들려오는
아득한 물소리

여름 앞세운 산자락
석양은 아직도 먼데
어느새 봄은 저무는가

꽃이 지네
바람이 이네.

소원

정월 대보름과
팔월 한가위는
맑아야 좋다던데

환한 보름달에
소원을 빌면
정성만큼 들어준다던데

빌 것이 너무 많아
하나도 빌 수가 없구나.

보름날 저녁에
미륵산에 올라
돋는 달
지는 해
번갈아 보면,

태어남도 스러짐도

헛것이리니

차라리
소원 없기를
소원으로 빌어볼거나.

사소한 저녁

속은 훤한데
마음 같지 않고

몸 무너지는 품이
어제 다르고
오늘 다르다며
이따금 푸념하시더니

저녁별 파란 눈으로
인사하고
소슬바람 살포시
오는 기척에

힘겨운 하루
머리맡에 밀어둔 채

잠겨오는 꿈길에서나
먼먼

젊은 날의,
어렸을 적
여자아이 되기라도 하시는지

무정세월 베개 삼아
어머니,
곤히
단잠에 드시다.

사는 법

여름으로 살면서
가을로 살고 싶네.

겨울로 살면서
봄으로 살고 싶네.

무더위에 지치는 여름을
여름이라 여기고
못 견디게 시린 겨울을
겨울이라 여긴다면

황량하고도
쓸쓸한
적막뿐이리.

어디에도 닿지 못하는
슬픈
바람 같으리.

비록
생은 힘들지라도

깊고도 내밀한 생각
아름다운 마음으로

나를 키우며, 가꾸며
그렇게 살겠네.

여름을 여름이라 여기지 않겠네.
겨울을 겨울이라 여기지 않겠네.

그리운 것

아주 잊었던 일이
문득문득
잠자고 있는 기억을 깨운다.

옛일이되
아름다움으로 녹아서
마음속에 걸러지는 이야기

세월이 바뀌어도
그럴수록
깊은 애정으로 쌓여
가끔 함께 길을 걸으며
오래가는 것

아름다운 것은
그리웁고
그리웁다는 것은
보고픔이다.

오래된 것에 대하여
멀어져 간 것에 대하여
사라진 것에 대하여

아련히
노을빛으로 여울지며
가슴으로 밀려든다.

버스 머리에서

있어도
없는 듯
마냥
기다려도 좋겠네.

타고 갈 버스가 와도
짐짓 놓친 척
그냥 있어도 좋겠네.

다가왔던 사람들
멀어져 가는 여기에서

세상 사는 이야기
기웃이 구경도 하며

그렇게 있다가
내 어머니 같은 분들 만나면
몸은 어떠신지 안부도 여쭈어보며

내가 사는 마을처럼
인정스런
그런 마을로 찾아들고 싶네.

나를 넘지 못하면

내가 나를 넘지 못하면
이르지 못하는 산

내가 나를 넘지 못한다면
한 발짝도 나아갈 수 없는 걸음, 걸음

가쁜 숨 들이며
온몸 적시는 땀방울 쏟으며
풀숲 헤치고 가서는

산에 오르고서야
산에 오른 맛을 알듯

그 산에 이르기 위해
수없는 나를 넘는다.

생명

유한有限하면
아름다울 수도 있을까

유한하여
애틋한
그 너머

나의 연민
한 다발

풍경인 양
바라보네.

나를 흔들다

마음이 흔들린다는 건
아름답지 못한 일이다.

흔들리는 마음이
누구에게 내비친다는 것
또한 그런 일이다.

속이 깊지 못하다는 건
그동안의 기개氣槪도 저버릴 수 있음을
인정하는 일이다.

높고도
단단하다 이름하던

어떤 山
하나

그마저

허방을 짚고

나를
뿌리째
흔들고 있다.

귀향

누구나 다 한때는 바람이다.
나도 그때는 무형의 바람이었다.

거스를 수도
거스르지 않을 수도 없는
세상의 한가운데서

나다운 나를 위해
수만 가지의
바람을 자르며 왔다.

남길 것만 남기고
가질 것만 가지면서
나를 자르는 작업이었다.

흔들리지 않아야 하고
어디에서든 치우치지 않아야 함을
모르지 않았다.

모든 것이
모두 한때라는 것
그걸 미리 안다는 지름길을 두고
어찌 비켜서 왔을까.

익지 않은 벼였고
빈 수레와 다름없이
서툰 몸짓으로 바람을 따라 누볐다.
그것이 바람을 가진 사람의 몫이었다.
그리고 운명이었다.

바람의 주체는 사람이고
그것이 철학이든 사상이든, 예술이나 종교나 문학이든
혹 혁명이었을지라도
바람을 타고 시대를 건넌다.

전설이 바래면 신화가 되듯

혁명을 넘어 지금을 이루었다.

다시 바람이 분다.
나를 자르는 작업이
내일로 이어지는 행렬

떠나왔던 본래의 자리로 돌아가는 노정이다.
오랜 투병 끝에 생채기를 어루며
건강한 생명에로의 회복이다.
귀향이며, 귀향이다.

겨울 이야기

어느 지도에도 없는
겨울 속의 한 동네를 기억하네.

눈사람으로 이정표를 세우고
전봇대 기우뚱한 그 아래 낡은 이발소와
새롭게 지어졌던 시멘트 건물의 목욕탕
기계 소리 콜록거리며 돌아가던 방앗간과
간이역 같은
폭설에 갇힌 정류소가 있던 부락을

하얗게 흘러내린
수염이 잘 어울리던 할아버지의 곰방대가 놓인 화롯가
에서
군밤으로 이야기꽃 만발하게 겨울밤을 지피면
큰 바위에서 부엉이도 나타나던 앞산

세월도 등이 굽었을 나이
이제는 사라진

우물과 빨래터와 신작로의 미루나무와 공동묘지에
이끼가 자라고
눈은 내리지 않고
인적도 끊긴 곳

호호 입김을 불어 넣으며
바람 속으로 썰매를 타고 가던
까까머리 소녀를
더 이상 붙잡지 않을 것이네.

햇빛조차 들지 않아
쓸쓸하기 그지없는

지금은
늙고
병들었을
머나먼 땅

멱을 감던 시내와
풍경을 풍경답게 받쳐주던
방물장수 향수鄕愁 그리운 무명無名의 동네를 찾아
나,
거리를 방황하네.
눈보라 휘몰아치는 골짜기를 헤매네.

풍경風磬에 기대어
- 팬데믹시대를 살며

여름과 겨울 나기보다 두려운
지출의 목록들이
내 행방의 발목을 잡는다.

주어진 하루는 막연하여
지금,
나의 심정은
표류하고 있다.

며칠째
공치고 있는 터라
이럴수록
운영과 관리는 난감하고
적을 게 없어
비어 있는 장부帳簿도 민망하긴 마찬가지

힘들고 어려워도
누구에게 말 못 하고

타는 속사정인데

날은 또
서둘러 저무니

마른 목젖
감겨오고

등불도 지쳐가는
막다른 시간을 쓸면서

무심한 풍경 소리
환청으로 듣는다.

까닭

네가 직유이면
나는 은유이고 비유이리.

네가 직언하면
나는 우회하리.

네가 직역直譯이면
나는 의역意譯으로

네가 직설일 때
나는 역설로

네가 詩이면
나는 너의 그림자로

어느 심중에
마음까지 벨 수 있는
칼 하나 지니고서

은빛 탄생을 위한
꿈 하나 갈고 있다.

바이올린
− 집시의 노래*에서

너에게
하나의 계절을 부여한다면
아마 가을이리.

너를
날씨로 나타낸다면
처량한 뒷모습의 가랑비이거나
푸른 고뇌 보듬는 흐린 날이리.

한순간
햇빛처럼
'쨍' 하고 갈라지는 비명悲鳴은
너다운 음색의 극치를 이루는가.

육신의 흔적을 지우고자
바람을 빌려 제 몸의 소리로 풍장風葬하는
억새인 듯 갈대인 듯

비애를 넘어 전율하는
여수旅愁의 곡조여!

느리면서 애잔하다가
화려한 기교와
활달하고 열정적인 선율을 끌어 올려
절정으로 치달으며

관조하듯
조락凋落의 뜰을 적시네.

울림은 깊게
떨림은 사무치게

* 파블로 데 사라사테가 독주 바이올린과 오케스트라를 위한 곡으로 작곡
한 〈치고이너바이젠Zigeunerweisen〉.

그림을 걸며

신문지로 싸두었던
포장을 풀어
아는 사람만 아는
한 화가의 그림을 다시 건다.

'내 그림의 제목은 모두 Image of Tongyeong'
이라 했던 사람으로
해학과 재치가 넘쳤고
늘 변방을 고집하며 어디에든 매이기를 원치 않던 사내

추구하고자 한 개인적 理想에 가치를 두고
현실을 떠다니는 이방인이자 이단아로
삶이 풍류였던 자칭 '居士'는

버릇처럼 자주
세상을 떠날 때, 입을 귀에 걸고 갔으면 좋겠다던 대로
그렇게 떠났을까.

다방면에 재능과 재주를 타고났으면서
굳이 그런 면면을 나타내고 싶어 하지 않던 그가
완성도를 높인 가장 본인다운 작품을 보여주어야 할 때에
육신을 벗고 홀연히 지상을 떠나버린
우리의 슬픈 野人이여!

생전에 받은 두 점의 소품이
벗이 가고 없는 훗날에
정표情表 삼으라는 약속이었는가.

미완의 절창으로
－故 안삼현 시인에게

앉으셨던 자리에서 바라보면
창窓은 지금, 파란 하늘에 뭉게구름 피워 올려
입추立秋의 그림이 되고 있는데

철 지난 여름날의 아닌 소식은
지탱할 수 없는 무게로
까마득한 절벽에다 세웁니다.

작별할 그 어떤 기별도 없이
몇 줄의 시처럼 가시다니
이를 두고 절창이라 하였던가요.

그리운 마음은
기억의 저장고에 가두겠으며

육신의 소멸이니
마지막이란 말은 하지 않겠습니다.

빗살문에 달빛 고이 젖거나

소슬히니 바람 불 제
가벼운 영혼으로 오신
내가 아는 시인으로 믿겠습니다.

길손*을 보낼 수 없어
황망함에 부대낍니다.

잊은 듯 지내다가
그렇게 지내다가

그 몇 해 후쯤
어느 '가을전람회'**에 초대되어
지난날 우리들의 노래를
다시 부를 수 있을까요?

─2021. 8. 20. 삼가 애도하며

* 시인의 또 다른 이름.
** 시인의 시 제목.

책상 하나, 원고지 펜 하나에
－朴景利 先生 12주기를 추모하며

봄은
꽃으로 화사함을
오월은
신록으로 푸름을 더하듯
그대,
오로지 文筆로 세상을 밝혔네.

산은
나무로 숲을 키우고
하늘은
품으로 저 광활함을 키울 때
그대,
절대고독으로 彼岸의 세계를 열었네.

통영 바깥에서
늘 통영으로 살았던 이

고향의 그리움은

대화로 글로 작품으로 남아내며

'진실을 기록하려 했던가'고 사마천司馬遷을 예찬하다가
초월의 삶으로 또 다른 사마천이자
시대를 앞서간 작가는

세월도
원망도
분노도
사랑도
심연深淵의 내면으로 다스리며
우주적 영역을 넘나들었던가.

문학과 소설과 『土地』와 朴景利,
그리고 統營과 原州와 河東이
따로 아닌 하나이니
모두의 자랑이 아닐 수 있으랴.

생애에 섬겼던 '生命思想'을
이제 함께 받드니
해와 달과 별과 구름이
물과 흙과 돌과 바람과 바다와 섬들이
무릇 목숨 있는 뭇 생물들이 일제히 기립하여 묵례로
화답하네.

평생토록
책상 하나, 원고지 펜 하나에 의지하여
일관되게 창작의 본연에만 전념한 그대여!

바라건대
그 자세와 열정과 정신과 혼을 흠모하여 기리는
오늘의 우리를 깨우치며
영원히 꺼지지 않는
귀감의 등불로 타오르소서!

─2020. 5. 5. 산양읍 박경리 선생 묘소에서

4부

축배의 노래

예향 통영

하늘이
아끼던 수반을 내어
이 해역을 만드실 제

밤하늘의 별자리까지 불러
크고 작은 섬으로
앞바다에 띄웠답니다.

오랜 세월 돌아앉아
사랑하며 가꾸어온
이 바다 정원은
스스로 맑아지는
권능을 지녀
더러움을 타지 않는답니다.

축복받은 이 땅에서
삶을 사는 사람들
어느 사이 자연을 닮아

고운 것을 좋아하고
정이 많아 살갑답니다.

멋을 아끼고
문화를 사랑하니
저절로 예향이 되어

나도
엉겁결에
시인으로 행세하고 있답니다.

시민들도
나처럼
떨치고 나섰으면 좋겠습니다.

감추고 있던 재능을
아낌없이 드러내어
시인으로, 화가로, 음악가로, 무용가로

나선다면

통영은

참다운

예향으로 자리매김하겠지요.

욕지 예찬
− 갑신년 새해 아침에

태곳적부터
삼세를 밝혀줄 진리를 찾아
알고자 하는 야문 뜻이
아름다운 섬으로 영글어
한반도의 남쪽 끄트머리에
늠름하게 솟으니
이름하여 욕지도라.

목을 길게 뽑고
저 너머 해 돋는 곳으로 헤어 가는
거북이 모양의 신령스럽고 의젓한 섬

행여 외로우실라
두미도·연대도가 손짓하여
위아래 노대도와 안팎 거칠리도에
봉도·적도들을 불러 모으고

녹운도·안초도·바깥초도에

저 아래 좌사리 여러 섬과
국도까지 아울러
유·무인도 서른여덟 섬이
천황봉을 싸고 받든다.

파도는 바위벽에
억겁을 두고 만물상을 새기며
매운 기상을 떨치고

메밀잣밤나무 푸른 숲
동백·풍란의 기품은
온화한 정조를 은근히 자랑한다.

선사시대
하늘이 점지하신 이 터에서
어기찬 삶을 살아가던 이 땅의 선민들이
어느 날 홀연히 떠나가신 뒤
오랫동안 텅 빈 적막감으로 쓸쓸했지만

다시 사립을 연 지 두 갑자
묵은 땅 가꾸어 고구마 심고
앞바다 황금어장 일구어
넉넉한 삶의 터전 가꾸었나니
빼때기와 만선 깃발에
파시의 흥청거림은
이 포구만의 풍물시였어라.

이제 새천년, 새 세기를 열며
하늘이 솜씨를 아낀 이 섬들을
옥돌 캐내어 갈고 닦아 보석 만들듯
배경을 들내고 다듬어
바다 관광의 길잡이로
세 번째 도약을 다짐한다.

보라!
수평선 저 너머에서
묵은해의 어둠을 밀어내며 떠오르는

붉은 태양을

맞으라!
가슴 활짝 열고
벅찬 감격의 새 아침을

노래하라!
욕지의 빛나는 미래와 영광을

진리의 섬 욕지도에서
갑신년 새해, 새 아침에
새 시대의 사랑과 화합과 번영을 마음껏 구가하라.

ㅡ2004 욕지도 해맞이 잔치 축시, 새천년기념공원

신두룡포기사비

옛날
한 거룩한 분 계시어
덮쳐오는 도적 떼를
앞바다에서 크게 무찌르시고
물목을 막아
휘청거리던 나라를 바로 세웠나이다.

그 뒤
지혜로운 한 분 오시어
여황산 남쪽 기슭에
터를 고르고 성채를 세워
삼남을 아우르는 큰 영을 이루었나이다.

옛 님의 붉은 마음 바다를 잠재우고
서릿발 매운 기개 도적의 간담을 졸여
통제영 삼백 년은
오히려
더불어 사는 평화의 본영으로
자리매김하였더이다.

산 높고 물 맑고 볕바르고 아늑하여
바다는 넉넉한 먹거리를 대고
인정은 살가워
살기 좋은 복토라 너나없이 노래하니
이 고을이 하늘 아래 통영이로소이다.

나라의 버팀목에 바다의 지킴이로
전통공예의 산실에다 수산의 요람으로
풍미의 고장에서 예술의 고향까지
갖은 꽃다운 이름으로
영광의 역사를 누벼왔소이다.

너무 크고 그득하면
알아채지 못하는가
가꿀 줄 모르고 거두기만 하는
어리석은 마음보를 혼내심인가
바다의 베푸심이 전 같지 아니함에
뒤늦게나마 차리고 나섰나이다.

이제
역사와 문화와 바다가 함께하는
새 시대 관광낙토를 이룩하여
빛나는 유산으로 대물림하리라
옹골찬 마음으로 팔을 걸었사오니
하늘이시여
이 땅의 이들을 부디 어여삐 여겨주시오소서!

제단에 무릎 꿇은 저희 또한
하느님의 뜻을 받들어
옳음을 옳게 하고
두 분 어룬님의 크낙한 덕을
해처럼 달처럼 밝히오리다.
온 누리 가득히 빛내오리다.

※ 통영사연구회 회지《井蛙정와》창간호에 실음.

봉숫골로 오셔요
– 제2회 봉숫골 꽃나들이 축제에 부쳐

봄을
봄답게 맞으시려거든
지금
봉숫골로 꽃나들이하셔요.

봄의 정령이
진달래 화관*에
개나리 영락**으로 치장하고
이제 막
미륵산을 넘어왔대요.

꽃의 정취에 흠뻑 젖고 싶으시면
서둘러
봉숫골로 벚꽃축제에 오셔요.

벚꽃이 차일을 치고
바람결 따라 꽃비를 뿌리고 있으니까요.

용화사 동구는
봄맞이가 한창입니다.

막돌탑도 부스스 털고 일어나
연둣빛 새싹 틔우며
기지개 켜는 정자나무와
손님 맞을 채비를 마쳤답니다.

꽃등불 눈부신 광장
가마솥에는 도다리쑥국이 끓고
참꽃지짐이 지글지글
봄의 입맛을 돋굽니다.

막걸리 사발에
달도 뜨고 꽃잎도 뜨니
봉숫골 꽃잔치에서
둥근 달 속 꽃술 마시면
꽃에 취하고 술에 취하고 인정에 취해

둥글둥글 얼려 돌면서 나비춤을 함께 추어
우리 모두 꽃다운 마음으로 하나 되리니

복되도다
봉숫골 꽃잔치 대동놀이 한마당이여!

통영 땅 봉숫골은
봄이 오는 길목입니다.

꽃으로 새봄을 여는
한반도의 들머리입니다.

* 칠보로 꾸민 여자의 관.
** 목, 팔 등에 두르는 구슬을 꿴 장식품.

망일봉에서 새해를 맞으며

망일봉에서 해를 본다.
해바라기 동산에서
병술년 새해를 맞는다.

망일공원에 우뚝 선
충무공 이순신 장군 동상을 우러러
가리키는 손끝 따라
검푸른 한산 앞바다를 본다.

'죽기로 싸우면 살 것이나
살려고 애쓰면 죽으리라.'

천자·지자·현자총통 굉음 속에
독전의 북소리 그날의 함성을 들으며
오늘의 우리를 돌아본다.

동호는
어판장 경매 소리로 출렁거리고

이 땅의 수문장인 양 버티고 선
미륵산은
언제 보아도 의젓하다.

통영은
통제영 삼백 년의 옛터
이 나라 수산업의 요람
경치 아름답고 인심 살가워
일찍이 문예를 꽃피운 예향으로
이름을 드날렸다.

지난날의 영광이
세월에 묻혀 바랬다고
앞날의 설계에
어찌 소홀함이 있으랴

역사를 익혀 미래를 마련하고

과거와 현재
자연과 인공이
얼싸안고 춤추며
고유문화의 향훈 속에서
개성을 존중하며 함께 어울리는 사회
세계와 통하는 열린 항도를 지향하며
우리는 돛을 올려야 한다.

거친 바다 맞바람도 두려울 게 없다.
우리는 안다.
시련이 클수록 성취의 기쁨도 크다는 것을

이제
우리의 소망이 이루어지도록
손을 모으고 가호를 빌자.

이 땅의 수호신 이충무공 혼령이시여!
올해는

통영의 새 시내를 옹골차게 열어가는
저희들의 하루하루가
더욱 활기차고 새롭도록 하여주시오소서!

저희가 한마음으로 공을 경모하듯
당신의 사랑도 한결같음을
새삼 깨닫게 해주시오소서!

ー2006 통영 해맞이 행사 축시

새해 소망

정해년 첫 아침에
불끈 솟아오르는
새해를 바라본다.
빛나는 얼굴 살가운 미소
소망 가득 싣고 떠오른
해님 앞에 두 손 모은다.

삼백예순다섯 날
온 누리를 다니시며
어두운 곳 후미진 곳
골고루 비추시어
세상이 밝음으로 가득하기를 빌어본다.

새해에는
지구촌 사람들이
서로의 훈기를 느끼며
사랑을 숨 쉬고 예술을 즐기며
제가끔

평화롭게 살았으면 좋겠다.

핵이니 전쟁이니 테러니 하는
으스스한 낱말일랑
모조리 쓸어내고
더불어 사는 즐거움이
샘물처럼 솟았으면 좋겠다.

새해에는
이 땅의 겨레붙이들이
편 가르지 말고 어우러져
하나같이 얼싸안고
춤을 추었으면 좋겠다.

올 정해년은
열 갑자에 한 번뿐인 황금돼지해라니
세상 사람 감동시킨 끈기와 힘을
다시 한번 뽐내어

두 번째 경제 도약 이루고
한민족 참살이시대를 열어갔으면 좋겠다.

새해에는
이 고장이 남해안시대를 열어가는
길라잡이가 되어
자연이 개발을 보듬고
역사와 문화가 향기로운
예향으로 다시 태어났으면 좋겠다.

새해에는
새해에는
좋은 시 한 수라도 낳을 수 있다면
나는 참 좋겠다.

―산양읍 2007 새해 해맞이 축시, 통영수산과학관

빨강

곱고도 어여쁜 새색시 볼에
연지 곤지로 다소곳한
나를 본 적 있나요?

사람들이 붐비는 온 거리에서도
반짝반짝 생기로 넘쳐흐르는 저 눈부심의
나를 아시는지요?

햇빛 아래에서
유난히 잘 띄어
나의 몸을 감추기 참 어렵답니다.

여럿이 하나 되게 하는 자리에서도
힘을 솟게 하던
나의 모습을 보았습니다.

가지 말아야 할 곳이라면
하지 말아야 할 일이라면

옳은 길이 아니라면
'위험'에도 나를 넣어
모두를 지켜드리지요.

중요한 것을 강조할 때
아무리 나를 써도
지나치지 않습니다.

색의 으뜸이며 대표 격이고
화려함의 대명사라 해도
결코 아니라고는 말할 수 없겠지요.

여인의
입술에서는
그 얼굴의 완성에 이르게도 하는

때로는 '열정'으로
불같이 타오르는

나는
생명의 원천인
뜨거운 피 속의 오묘한 물입니다.
따뜻한 가슴이며 영원한 사랑입니다.

공사 중

우리 집 오고 가는
우릿개 길은
지금 한창 공사 중

큰갈목에서 큰개까지
길을 넓히고 포장을 하느라
아름드리 소나무들이 잘려 나가고
언덕배기 밭들이 깎여 나가는가 하면
분묘들이 이장되고
옹벽처럼 단단하고 굳세던 큰 바윗덩이도
한순간에 무너져 내린다.

주눅 들게 하는 포클레인은
오고 가는 차들
적절하게 기다리게 하거나 보내주며
흙을 받아 실은
덤프트럭 몇 대씩
일렬로 행진한다.

맑은 날에는
흙먼지로
비 오는 날에는
진흙투성이로
내 차를
보기 사납게
망쳐놓는가 하면
안전을 위해 켜둔
깜빡이불이
도깨비불로 변장하여
머리끝 쭈뼛하게
나를 놀리기도 하는 밤

조용하던 마을이
어지럽게 널브러진 현장과
낯선 소음으로
일순 소란스럽다.

큰갈목과 큰개
그 사이
우리 마을 우릿개
큰개로도 큰갈목으로도
공사 중이니
피해 갈 길 따로 없어
흙먼지 둘러쓰거나
진흙에 만신창이 된 모습으로
집을 나선다.

자갈길 진흙길
번갈아 가며
굽이굽이 헤쳐 가는
불편한 것쯤

때가 되면
깨끗하게 마무리되어

잘 닦인 길
앞도 확 트여
시원시원하게 달릴
그날,
콧노래며 휘파람
절로 신이 나는
그런 날 맞을 수 있기에
오늘도 견디며
집을 나선다.

시작노트

자연을 보존하는 것도 중요하지만 때에 따라서는 개발도 그에 못지
않게 중요하다. 몇십 년이 되었을 수 그루의 나무들이 잘려 나가고 산
을 무너뜨려 지세도 달라졌다. 그러기에 낯설다. 사람이나 자연이 다
시 제자리를 잡고 익숙해지기까지 많은 시일이 걸리기에 마음이 아
프다. 그러나 이렇게 해야만 사고의 위험을 줄이고 불편을 해소하고
안전할 수 있다면, 이러는 길밖에 더 있겠는가.

아버지의 천국

낡고
오래된 집에서
보다 낡고 오래된 집을 만드시네.

집 아닌 집
창고 아닌 창고
틈마다 엮어

집 같은
집이 되고
창고 같은
창고 되는 사이

온갖 잡동사니
덩치 키우며

바라볼 때마다
흐뭇하신지

날마다 영역을 넓혀가시네.

먼지처럼
세월 쌓여갈수록
당신의
등 굽어지고
허리 휘어지는데

오늘도
아버지는
아버지를 닮은
아버지의 천국을
가꾸고 계시네.

새로이 길이 열리다
– 평인관광일주도로 개통식에 부쳐

길이되
길 같지 않던 길
아낌없이 내어놓고도
오랜 기다림 끝에
비로소 길다운 길 얻었네.

흐르듯
기슭으로 돌아들면
논개와 작은개 큰개가 다정하고
물개와 문퉁개 우릿개와 너무개가 한결같고
작은갈목 큰갈목 사릿개가 편안한데
민짐과 한실이 말을 건네오니
그리운 내 고향 내 태어난 곳이 바로 여기네.

산줄기 힘차게
바닷속으로 내달려
큰망섬 작은망섬 장구섬 부우섬 목섬 진섬 벼루섬을 여기저기 배치해 놓고

비생이섬 포섬 누운심 내국섬 살피섬 이끼섬을 불러 앉
히니
섬들이 절로 살아 나와
나타났다 사라지고 사라졌다 나타나네.

태고의 숨결 간직한 채
침묵의 말씀 내리는
천함산을 병풍 삼으니
섬 그림자 달 그림자
어리어 흐르는
물빛도 아름다운데
누구의 가슴을 저리도록 태우는가
아직도 설레어 오는 사랑
사량도의 낙조여!

굽이굽이 따라 흐르다가
그림보다
더 맑고 푸른 풍경을 만나서

취하면 어떠리.

잊지 마시게.
보고 싶은 얼굴
그리운 이름까지도

마을과 마을
사람과 사람
마음과 마음으로 이어주리.
봄에서
여름이며
가을하고
겨울까지

예사롭지 않은 오늘
조용하던 포구도
쉽게는 잠들지 못하리.

여기,
새로운 이정표 하나 세우며
길의 옛 모습은
추억으로 가고 있네.
그 빛깔도 영롱한
무지개 구름 타고

시작노트

2011년 1월 중순경, 통영문협 회원이자 시청 기획예산담당관실에 근무하고 있는 김순철 계장님으로부터 2월 말에서 3월 중순 사이에 평인일주도로 개통식이 있을 예정이며, 식순에 축시 낭송을 할 수 있도록 했는데 될지 되지 않을지는 모르겠으나 준비해 두라는 연락을 받았다. 「공사 중」이라는 시도 써놓은 상태라 잘됐다는 생각에 그 즉시 원고를 써서 계속 퇴고하며 기다렸으나 소식은 없었다. 4월 29일에 개통식이 있었으며, 시를 낭송할 기회는 얻지 못했지만 한 편의 시를 얻었음에 고맙게 생각한다.

영감靈感

神이 들린 듯
내림하는
영혼의 말을 받고

잠도
덩달아
가슴 울리며
훤히
등불 밝혀오고

시간도
멈춘 듯
비켜서는 길

아침의 노래
- 계사년 새해 아침에

목선 한 척
빈 그림자로
흔들릴 때

눈길 한번 주지 않고
외면하던 바다가
비로소
화해의 손 내밀며
말을 걸어오니

때를 기다린
하얀 물새
새 아침의 전령傳令으로
힘차게 날아오르고

짐짓
모르는 척
잠자코 있던 햇살

등 떠밀어
온 누리
고루 비추게 하는데

팔짱 끼며 돌아섰던 섬
제 스스로
고쳐 앉네.

더불어
신명 푸는 파도
한마당
축제로 아우를 때

물결에 밀려오는
싱그러운 해조음

크고도 넓게
높고도 깊게

끝없는 메아리로 울리네.

이 바다에서
저 바다 너머로

―2013 통영 해맞이 행사 축시, 정량동 이순신공원

설날

새해
첫날로 오시어

집집마다 곳곳마다
등불 밝혀 맞으시니
옛 향기 드높도다.

정갈한 아침에
세배드리며
내 눈 환하게 열고
귀 맑게 듣는 날

까치밥도 섬기며
돌담으로 피어나는
함박웃음 화사한 동네

단장하여 맞이하는,
마음마다 받드는 그 정성

하늘에 닿고

이웃마다 마을마다 생동하는 기운
바다로 흐르도다.

머잖아
동구 밖 사립으로 들이닥칠
봄의 향연을 예약하시도다.

굽 예찬

나에게 알맞도록
구두를 조금 높게 신는다,
나는.

그만큼만 더 크고 싶었던
내 키를 키우고

스러진 나의 자존심을
세우며

자칫 흐트러질 수 있는 자세를
가다듬게 하고
안일할 수 있는 나를
긴장하게 하는
하나의 수단

어수선한 나의 모습이
단정하게 되고

내 인격의 완성도를
높이는 일

패션의 완벽을
기하는 일

우아함이 깃들고
개성을 추구하며
멋을 보태는 일이다.

그리는 이상을 적용하며
힘들이지 않고
실현할 수 있는 드문 가치

높낮이가 다른
몇 가지를 갖추어
상황에 따라 나름의 재단으로
균형을 이루게 하여

더 나은 나를 만드는 일과

세상을 조금 더 편하게
관조하고 싶은,
한 생을 굽어보는
나이도 지긋한
높이로 쌓이게 해야 할
나의 구두는
그렇게 유지될 것이니.

이루고자 하는 소망이
아직
거기 있는 한

음악에 부침

피도를 아우르며
눈물의 홍수를 이루더니
냇가의 시냇물이었다가
먼 산길의 바람 되네.

풀잎에 영근 마알간 이슬로
그 빛에 반짝이는 눈부심으로
생을 노래하던 아침이
어느새 밤의 주인
때로는
한줄기 소낙비 내리쏟는
시원한 계절도 있네.

잠시
숲이 되었다가
눈 내리는 마을을 닮기도 하는

밀 듯 당기고

맺힐 듯 풀리며
끊어질 듯 이어가는
거기
언제나 슬픈 연인
노을의 가슴으로
애틋한 순정을 키우네.

만나야 될 사람끼리
찰나를 비껴가고
그 여운의
달빛 아래에는
기다리는 임으로 기쁜 일
떠나간 임으로 기다리는 일
돌아올 임도
만나야 할 임도 있네.

세상사 수고로움과 고달픔 위로
빛바랜 추억을 흔들며

그 사이로 달려와서는
부서져 흐르는
처연한 강물이기도 했느니.

알 수 없는 그리움 너머
넌지시
격랑의 세파를 타면
암흑의 그림자,
인생이 가야 할 길이 보였네.
떠도는 방황의 그림자
나그네의 비장함도 배웠네.

아름다운 사랑의
날刀을 세운 복수의
불의에 맞선 투쟁의
참담하고도 참혹한 전쟁의
세상을 바꾼 혁명의
이루 헤아릴 수 없는 전설을 들으면서

정해주지도 않은
주인공 되어보네.

나의 공주
나의 여왕
나의 무희를 만나
나의 술을 마시며
무구無垢한 선율에 실려
봄, 여름, 가을, 겨울을 넘나드는

나의 숭고한
기쁨이며
슬픔이여
눈물이며
영혼이여
영원이여
이 땅의
수많은 솔베이그여!

146

함께 춤을 추며
비로소
그대 사랑을
노래하고 또 노래하리니

언제나처럼
혼신으로 출렁여서
나를 누벼
내 온몸으로 흐르라.

5부

시적 변주詩的變奏

생각

바람 그리운 날엔
그 바람 찾아 데려오고 싶고

따스한 햇볕 더욱 따스하게
나의 곁에 머물게 하고픈 날엔
구름 문 활짝 열고 달려가
태양을 더 키우고 싶어지지.

보이지 않는 것을
나타나게
없는 것도
있게 하는

오,
마음은
자유

그가 맞추지 못하니 내가 맞춘다

어쩌다가 한 번씩
선택되어 나에게로 오는 그대는
모양도 갖가지

이를 신으면
이 모양
저를 신으면
저 모양

애써서
고르고 또 고르며
잘 가졌는데도
그에 따라
내 모양 달라지고
다르게 내 목이 휘어지고
그에 따라
느슨해지거나 느슨해져서 벗겨지거나
때로는 조이거나 조여와서 아프기도 하다.

굽 높이 따라
높아지거나 낮아지기도 하면서
동행에 익숙해지기 위해
날마다
나를 내어준다.

그가
맞추지 못하니
그에게
나를 맞춘다.

여름나기

햇빛 부서져 내리는 대낮
몸 둘 곳
여기일까 저기일까
헤매다가
가만히 마음을 다스리면

누워서 바라보는 천정에도
물장구치던 바닷가
푸른 물결이 찰랑이고

하얀 식탁 위
소라 모양 접시에서도
귀를 씻어주는 파도 소리 들리네.

삼동三冬의
살을 에던 바람이
지금은
그리운 친구이듯

문밖의
저 야단스런 햇살은

겨울 속
한파를 녹이는
절절한 사랑이지.

아, 어느새
나의 여름이 다 가고 있네.

유리

창窓이 되었다가
그릇이 되었다가
때로는 나를 보게 하는 거울이 된다.

다른 모두는
그들대로의 길을 갔지만
하늘로부터 받은
오직 한길을 걸어오면서

그 무엇과도 견줄 수 없는
해맑음이
지워야 할 흔적까지 보여준다.
또는
사람의 모습을
나무의 모습을

속까지 비치는 것이
이슬과 같고

물과도 비슷한 화안힘

너와 나 사이에 가로놓이지만
너와 나를 꿰비추며
무엇이든 담아낼 수 있다.
무엇이든 나타낼 수 있다.

그의 몸은 아예 없고
그대들의 그 무엇이 되는 것이
어떤 운명일지라도

마지막으로 이루어야 할
사명감 같은 것 하나 남아 있다면
정직함을 가지고
이 흐려진 세상을
다시 맑게 하는 일이다.

영혼의 집

영혼이라는
집 한 채
짓고 싶네.

느닷없는
바람에도
흔들리지 않으며

낮고 낮은 곳으로 흐르는
오랜 강물처럼

깨뜨러지거나 부서지지도
넘어지거나 무너지지도 않는

맑은 영혼의 노래로 일으킨
수려한 풍채에
의관衣冠까지 갖추게 하여

화사한 꽃으로 옷을 지어
입혀주고 싶은 집

넘치지 않으면서
늘 가슴에 살아
별빛으로 반짝여

날개 지친 새들이
그 아래
깃들고

가끔은
너와
나의 눈물을
닦아주기도 하는
따뜻하고 넉넉한 품
아늑하고 포근한 가슴

아무나 가질 수 있으나
아무나 가질 수 없고

모든 마음 내려놓을 때
비로소 보이는
소중한 무엇처럼

대궐이 아니어도
그와 같은 격格을 가져
단단하고
든든한

영혼의 집
한 채 지어
살고 싶네.

십이월의 변주곡

한 해의 마지막을 바꾸어
새로운 시작의 서곡이라 하겠소.

보내고 맞이하는
그사이

옛것과 새것의
기준에서

과거와 미래

미련과 기대의
경계에서

반성과 계획의
기회를 마련하고

저무는 해와 다가올 해의

보내고
맞는 설렘

파격적인 형식으로
연주되는
변주곡

새로운 시작의 서곡이
그대의 별칭이라 전하여 주겠소.

이 서곡을
십이월에 헌정하면서

조용하면서도 차분하게
때로는 사색적이며
비장하게

열정을 가지면서

냉정하게

하는 것이
이 연주의 주문이오.

그리고
서정적이되
좀 더 고전적이었으면 하는
나의 바람이오.

눈을 감으면

축축한 기운
스멀대며

무엇 하나
가늠되지 않는
구릉 같은
허방

태초의 암흑을 가르며

은하수,
눈 감고도 건너는 이곳은
또 다른 하나의
거대한 우주

시베리아 끝 어느 벌판에서
바람에 나부끼는
내가 보이고

음악은
어느 사이
아득한 우주 밖으로 밀려가서
그 밖의 기척을 듣는

현실도
이상도 아닌
눈먼 어디쯤

어느 子正 무렵

하늘이라도 쪼갤 듯
살벌하게 허공을 후려치는
바람의 몸놀림이 심상치 않다.

생성의 시작과
소멸의 끝을 알 수 없는
치명적인 소리의 파도를 일으켜
어둠의 아귀 속으로 집어삼킬 듯
집채를 휘어잡고

잡힌 집채 휘청일 때마다
일제히
크고 작은 나무들이 뿌리째 뽑혀
핏기 가신 맨몸으로
나동그라지는 암담한 시각

달과 별들이 무너져 내린 밤을 찢고 나와
사나운 혈기로 노리는 목숨은

누구일까

기세를 몰아
죄 짓지 않은 자 가려 보내고
부정한 자의
감추려는 치부를 밝혀내어
무릎 꿇릴 일
그래서 일벌백계로 다스리고자
무슨 음모라도 도모하는가
아니면, 모두를 벌하고자
서슬 퍼런 눈빛을 하고
저리도 무섭게 몸부림치는지

칠흑의 벽을 할퀴며 떠나지 못하는 울음이
혹, 이승에서 풀지 못한 한으로
승천을 미룬 채 구천을 떠도는
어느 여인의 혼백은 아닐까

속도의 제한이 풀린
안전의 사각지대
불연속의 곡성을 따라
낮과 밤이 극명한 지금
내어주지 못한
무엇을 담보했기에
머리를 산발하고 날刀까지 세워
이 밤을 부릅떴는가

子正을 지나도록
소리 뒤에 숨어
목숨 아닌 또 무엇을 넘보는지
좀처럼 정체를 드러내지 않는
저 바람 속의 눈

짐짓
짓눌려
상기된

살과 뼈와 피

피할 수 없는
재판의 법정에 세운 양
너에게
'네 죄'를 묻는다.

어느 古典

고요를 흔들며
어둠 한 조각 안겨 든다.

숨이 멎을 듯
알 수 없는 이끌림에
마음을 열고
나를 기울인다.

주위를 에워싸는
경건하고도 엄숙한 이 배경은
하늘이 열리던 태초의 그때였을까?

어둠 속에서
밝은 세상의 풋풋함이 보이고
어둠 밖에서는
또 다른 그리움 하나
어둠 속에 걸린다.

마음이 열어주는 길을 따라
산책하듯 가다 보면
그 신비에 닿을 수 있을까

유배流配당하고 싶은
한 권의 고전 되어
내 손에 들린다.

어느 古典 2

잘 구워진
조각 김 한 장을 집어 드는 손끝에서
오래된 바다 하나가 딸려 온다.

그 갯벌과 모래밭에서 동무들 왁자한
잊었던 내 유년이
생각의 파도를 타고 달려와
입 안에서
그리움으로 부서지고

기억이 차려내는
섬 밖의 먼 해안선으로
동심이 정박하던
표류의 해도와 항해일지

밥상에 오른 저녁과
몸속으로 뛰어내리는 맛의 행로와
가만히 조각배를 타며

마중 나온 등불 아래에서 해후하는
추억 몇 줄을

시간을 비껴 앉아
고전처럼 읽고 있다.

어느 古典 3
— 서리 내린 아침

세상은 고요하고
나는
사뭇 경건하다.

눈雪보다 곱고
빛은 은은하여

그저
엎드렸을 뿐인데
지극하기 이를 데 없고

낮아질수록
충만한 은총이려니

꿈꾸던 나라
여기라서
이리도 영롱한가
이리도 향기로운가

전설의 꽃 염원으로 피워
마을과 들판을 점령한
하얀 누리의 경이로움이여
순종의 아름다움이여

신성한 제단에 바쳐진
깊고 푸른 경전을

무릎 꿇고 받들어 써 내려간
사모思慕로 읽고 있다.

어느 古典 4

고목이라 참 편한
느티나무 있다.

빛을 업고 있는 그늘이
짙고 푸르다.

서서히 드러나는 옹이의 결은
낙관인 듯
숭고하고 거룩하며

갖은 풍상을 딛고
오늘을 이루었다.

온몸으로 삶을 개척하며
식솔들 거느리고
거친 세상 한가운데를 건넌

선구자의 전범典範이 된

이 땅의 아버지들과
우리들의 할아버지를 사표師表로 삼았다.

뻗어나간 가지마다
살아온 내력을 압축해 놓은
이끼 낀 문장을
나의 관점에 대입시켜
나의 방식으로 판독해 내고 있다.

한 고을을 섬겨
안녕을 지키는 성주城主로
오늘보다 더 나은
내일의 큰 그늘을 짓고 있다.

詩集 속으로

한 시인과
그 시인의 생애를 들여다보며
내가 살지 못한
또 다른 생을 읽는다.

내 어머니를 그리게 하는
극진하고 지고지순한
사랑의 시편들에서는
감성의 눈물을 닦게 하여
나를 정화하고

때로는
소름 돋는
치열한 작가적 정신을
전수받기도 하며

큰 시인에게서
가르침 한 수 얻는

열락悅樂에

긴장의 띠를 두르고
시집이란 시집
죄다 읽어내기까지

언제나 그 속에 갇혀 사는
즐거운 형벌 하나
받고 싶다.

기막힌 절창에
'옳거니' 무릎을 치고

치밀한 구성과
절묘한 흐름에서
'그렇지' 추임새도 넣으며

배추를 캐며

말들이 무성한
마을 길을 지나

흙내음 부서지는
겨울 밭에 앉았다.

햇빛이 뿌리를 내리는 토양을 딛고
스러지는 마지막 지열까지 끌어당겨
단단히 알이 차오른 배추

염려를 잘라내고
숨을 고른 후
손 시린 아침을 다독이며
한 아름씩 쟁여
입 안 가득
푸르게 번지는 싱싱한 맛을
가슴 수북하게 거둔다.

간이 배는 동안
살얼음을 건너는 마을은
조심스럽고

하루
몇 집씩

정성으로 버무린
김장으로
한 해를 완성하는 시점時點

맛의 숙성을 위해
캐낼 수 없는 시간 속으로
동면에 들면
손끝 매운 북서풍이
계절을 갈무리하리.

모나리자

닮은 듯 다른

나는 현실 속
그대는 그림 속

나는 늙어가고
그대는 멈춰 있는
모나리자

나는 꾸준히 진화하고
그대, 거기 그대로
다소곳이
나를 바라보고 있는

나는 현실 속
그대는 그림 속
모나리자

어느 날
그녀보다 더 많은 세월을 산
나를 보았고

그대 뒤에서
푸르게 넘실거리는 숲과
흐르는 시냇물이
나의 한 부분이 된 지도 오래

신비의 진실을 머금은 채
영원히
액자 속에서
고요한

오늘도
알 듯 모를 듯 한
당신의 미소

만리장성
－TV를 보면서

목숨을 지키려다
목숨과 바꾼
시대의 유적

최선의 방법으로
최상의 무기를 세운
절대의 가치

한계에의 도전이며
위대함의 역설인가.

인간이 쌓은 것은
성이 아니라 영원이었네.

성보다 높은
영혼이었네.

굴욕당하지 않으려

지켜내고자 했던
오직, 목숨 하나

위협받는 생명의 절박함을 쌓고 또 쌓았는가.

간절했던 그 기원이
침식이나 풍화 되지 않은 채
인류 진화사의
새로운 시원을 밝혔네.

기록되지 않은 역사까지
헤아리거나
까닭을 묻기도 전에

사람을 압도하는
불가사의한 그대 범주

도도하고 유장하게

만 리 밖
여기까지
이어지는 저 위용

바다, 그 영원한 꿈의 출렁임과 함께
− 김부기 시인의 시집『움직이는 벽화』를 위하여

김정자 문학평론가 · 시인 · 부산대 명예교수

1. 바다, 그의 노래의 본향

김부기 시인은 내가 알고 있는 고향 문인들 가운데서도 가장 사랑하는 사람들 중 한 사람이다. 나는 그의 풋풋한 청년 시절과 나이 들어가는 원숙한 모습을 익히 지켜보며 살아왔다. 그는 때로 슬기롭고 신선했으며, 열정과 부드러운 감성을 함께 가지고 있는 다소 복합적인 사람이었다.

이번에 출간하는 그의 시집을 읽으면서 참으로 대견스럽고 고마웠다.

그의 시에는 끊임없이 출렁이는 파도 소리가 있었고, 강팍한 생과 싸우는 의지와 열정이 있었고, 또한 조용한 사유의 물결들이 일렁이고 있음을 볼 수 있었다.

그는 살아온 모든 삶들이 고향과 함께 있었고, 우릿개의 조용한 내항이 그의 생을 감싸 안고 있었다.

2. 항구와 갯내음과 바닷새의 풍경화

내 살아서 그 속에 새겨지는
꽤 훌륭한
벽화 한 점 있네.

내가 그리지 않아도
절로
화폭에 담기는 그림

환한 바탕에
비는 빗금을 그어대고
해는 불멸의 기상으로 햇살을 뿌리고
구름이 천의 얼굴로 단장하여 문안 오는데
어쩌다 폭설이 내려
제 모습의 꽃사태를 일으킬 때
나의 눈은 호사롭고
바닷새가 날아와서 발자국을 찍어

188

화식化石의 신화를 이룩하는
또 하루의 역사

안과 밖의
통로이며 관문인
투명한 그 가슴에

별이 박히고
달이 뜨고

다시 별이 돋고
달빛이 흘러드는 정원에
저 심연의 바다도 띄웠네.

(……)
물살 가르며 돌아오는 고깃배와
아침을 열고 저녁을 맞이하며
갯내음 질펀하게 분주한 항구로

깃발 드높게 휘날리며
역동하는
나의 벽화는

오늘도
만선이어라.

(……)

내 죽어서도 아닌
그 속에 살아서 나를 보는
한 폭의 풍속화
　－「움직이는 벽화」 부분

벽화 속에서 시인은, 살아서 움직이는 자신의 생을 마련한다. 화폭에는 불멸의 기상으로 태양 빛을 뿌리고, 구름이 천의 얼굴로 단장하며 어쩌다 폭설이 내리고 비가 내려 꽃단장하듯 호사로운 모습으로 나타나며, 바닷새도 날아와 화석인 양 발자국을 찍으며 하루의 신화를 이룩한다. 달과 별빛이 흘러드는 정원, 심연의 바다도 흘러들어 물살 가르며 돌아오는 만선의 고깃배들로 질펀하고 분주한 항구도 있다.

천상의 노랫소리도, 중후한 삶의 이야기도 함께 있어 내 살아서 한 폭의 훌륭한 풍경화를 보는 듯 움직이는 벽화 속의 삶처럼 살고 싶다고 시인은 말한다.

어쩌면 이곳은 그의 꿈이 실현되는 이상향이며, 그가 항용 소망하는 바다를 향한 사랑과 삶에 대한 그리움의 공간이라고도 할 수 있다.

교회당
종탑 아래

달빛
내려와
눈처럼 쌓였다.

뽀드득

눈目으로도 만져지는
그만큼의 하얀 부피

이 마음 밀고 나가
저 전경全景 속의
나 되고 싶은 무렵

포구도
한 점 수묵화로
그림자를 앉혀

뱃전에 흔들리며
고요를 받든다.
　－「달밤 · 1」전문

바다로 내려온
교회당과
종탑에

잔바람 타고
달빛
밀린다.

한 폭의
산수화 같은

저 은은함
깨뜨릴까,
항구의 불빛들도
몸을 낮춘

준비하지
못한

어느 날의 내 이별도

저와 같았으면

　－「달밤 · 2」 전문

　김부기 시인의 시에서는 끊임없이 '바다'가 등장한다. 바다
와 연결되지 않는 그의 삶은 없는 듯하다. '교회당'도 바다로 내
려오고, 몸을 낮추는 불빛들도 항구로 내비치며, '뱃전'에 흔들
리는 고요로움과 수묵화 같은 '포구'도 모두 바다로 연결되며,
내 미리 준비하지 못한 어떤 것들과의 이별도 저 조용하고 아
름다운 바다의 수묵화처럼 이루어졌으면 한다.

　그러한 그의 바다는 「나의 방」에서도("서녘 바다 고운 놀") 어
김없이 등장한다. 갖은 번뇌와 고독이라도 서녘 바다가 고운
놀로 문을 밀고 들어오면 "홀로라도 행복하"다고 노래한다.

집으로 가는 길은

노을이 고와서

숲 그림자

얼비치는 바닷가에

나를 세운다.

어스름 수묵으로 펼쳐진
바다는 한 폭의 그림
그 가장자리에 낙일이
낙관으로 찍혀 있는

가슴으로 인화한 그림 한 점
지니고 돌아서는 귀갓길

옛이야기 이끼 낀 돌담 언저리
낮게 드리운 이내로 감싸인
마을로 들어서면

지친 내 영혼
살포시 안아주는
동구 앞 느티나무
  ─「귀로歸路」전문

　참 아름다운 감성이 놀처럼 깔려 있다. 놀 고운 바닷가에 나
를 잠시 세우고 어스름 수묵 사이로 펼쳐지는 낙일을 본다. 가
슴으로 인화하며, 이내로 감싸인 마을로 들어서면, 동구 앞 느
티나무가 나를 살포시 안아준다는 것이다.
　독자는 여기서, 그 아름다움을 함께 느끼며, 동구 앞 느티나

무의 조용한 애무에 몸을 맡기고 싶어진다. 낮게 드리운 이내
마저 포근한 마을로의 귀갓길. 그 바닷가의 저녁놀에서 함께
위안을 받는다.

물결도 잠이 든
바다 위로

맑고 서늘한
별들이 뜬다.

뭍이 그리운
작은 섬은

만선의 꿈에 떠밀려
저만치서 포구를 기웃대는데

물새도
돌아간 이 밤

은하수에
배 한 척 띄워

나는

달빛으로 노를 젓는다.

　−「월광곡」전문

　물결 잔잔한 바다, 물새도 고이 잠이 든 밤, 은하수에 배를 띄워 달빛으로 노를 젓는다는 전설 같은 이야기도, 만선의 꿈을 내치지 않는다. 맑고 서늘한 별들이 물새를 잠재우는 밤에는 바다도 함께 잠이 든다. '만선'과 '포구'와 '물새', '배 한 척'은 그의 시에서 여전히 살아 있는 꿈의 공간이다.

3. 삶과 자연을 향하는 조용한 성찰

창窓이 되었다가

그릇이 되었다가

때로는 나를 보게 하는 거울이 된다.

다른 모두는

그들대로의 길을 갔지만

하늘로부터 받은

오직 한길을 걸어오면서

그 무엇과도 견줄 수 없는

해맑음이
지워야 할 흔적까지 보여준다.
또는
사람의 모습을
나무의 모습을

속까지 비치는 것이
이슬과 같고
물과도 비슷한 화안함

너와 나 사이에 가로놓이지만
너와 나를 꿰비추며
무엇이든 담아낼 수 있다.
무엇이든 나타낼 수 있다.

(……)

마지막으로 이루어야 할
사명감 같은 것 하나 남아 있다면
정직함을 가지고
이 흐려진 세상을
다시 맑게 하는 일이다.

-「유리」부분

「유리」는 상당히 철학성을 가지고 있는 시 작품이다. '유리'
는 창이 되었다가, 그릇이 되었다가, 때로는 나 자신을 성찰하
게 하는 거울 같은 존재이다. 그 어떤 것과도 견줄 수 없는 해맑
음을 지니고 있고, 속까지 비치는 이슬과도, 물과도 같은 화안
함이 있다. 때로는 너와 나 사이에 가로놓이지만, 너와 나를 서
로 꿰비추는 정직함을 가지고 있다. 그래서 흐려진 세상을 맑
게 하려는 사명감 같은 것으로 이 세상을 맑히려는 훌륭한 존
재임을 알 수 있다는 것이다.

언제부터였는지
눈 감으면 어렴풋이 떠오르는
山 하나 있었다.

보일 듯
잡힐 듯
찾아 나선 길은 가도 가도 안개뿐
어디에도 山門은 열렸고
어디에도 山門은 없었다.

홀로 간직하는

아픔이 적막으로 자라나
떠나온 길만큼의
숲을 이뤘다.
　-「어떤 山」전문

　이제 그의 글에서는 자연과의 웅숭깊은 대화가 시작됨을 볼
수 있다.
　눈 감으면 어렴풋이 떠오르는 산을 찾아 나선다. 찾아 나선
길은 가도 가도 안개뿐, 어디에서도 산문은 열린 듯하지만, 또
한 어디에서도 열린 산문을 찾을 수 없다.
　열리지 않는 산문은, 깊은 단절과 고독감으로 자라난다. 가
도 가도 안개처럼 아득한 숲, 깊어진 적막감이 눈 감으면 어렴
풋이 떠오르는 산으로 와 닿는다.

별이 기울던 간밤에
달빛으로 어둠을 씻어내더니

빗은 땀은
이슬로 떨구시네.

낮은 소리 하나라도 놓칠까
깊은 울림으로 새겨듣게 하며

고요한 기침으로
삼라만상을 일으키시네.

몇 겹의 어둠을 헹구고 헹구던
손길의 흔적은 지우고

마음까지 정제된
증류수 같은 신새벽을

아무도 모르게 이끌고 계시는 이
  −「누구십니까 2」전문

달빛으로 어둠을 씻어 내리고, 겹으로 헹구어낸 그 흔적들을
지우니, 낮은 울림 하나라도 놓칠까 그 깊은 의미를 새겨듣게
한다. 고요한 말씀으로 만상을 일으키시니 마음까지 정제된 증
류수 같은 신새벽이 찾아옴을 느낀다. 이는 진정 누구의 손길
이었을까. 아무도 모르게 우주의 만상을 깨우치게 하는 이 손
길은 과연 누구의 것일까. 시인은 오묘한 신의 능력을 생각해
본다.

  가랑잎 바스락대는

봉숫길 숲길을 돌아
가을을 만나러 용화사로 간다.

해월루 연못가
단풍나무 은행나무 삼나무 고로쇠나무
색동으로 차일 치고
굿판이 한창인데

만추의 정념에 혼불을 지폈는가
꽃의 정령을 부르는 초혼제인가

노랑 저고리 빨강 치마
쪽빛 쾌자 칠보족두리에
요염한 춤사위
눈부신 자태가
황홀해서 꿈결 같구나.

금잉어 한가로운 연못에는
단청이 얼비치고
풍경 소리도 단풍 들어
오색으로 쟁그랑거리니

잇물 들어 달뜬 가슴

지그시 누르며

나는

혼자

수줍다.

  −「만추 2」 전문

  시인의 글에서 오랜만에 달뜬 모습을 본다. 용화사에서 해월루 연못가의 단풍나무, 은행나무, 삼나무, 고로쇠나무들이 색동으로 차일 치고 굿판을 벌이는 것 같다. 만추의 정념이 혼불을 지피는 초혼제를 벌이는 것처럼 온 산들이 눈부신 자태다. 금잉어 떼가 한가롭게 헤엄치고 풍경 소리도 오색으로 단풍 들어 쟁그랑거리는 것 같다.

  시인은 이 황홀한 풍경에 홀로 가슴이 달뜨고, 공연스레 부끄러움을 느낀다는 것이다. 자연에 대해 기쁨과 황홀감을 느낀다는 것에서, 그가 분명 나이 들었다는 느낌을 받게 되는 것은 독자의 부질없는 아이러니인가. 달뜬 가슴을 지그시 누르는 시인에게서 묘한 연민을 느끼게 되는 것은 어인 일인지. 그의 만추가 화려한 정념으로 혼불을 지피는 것을 이윽히 지켜보며, 시인의 자연에 대한 깊은 사랑을 생각하게 된다.

  정월 대보름과

팔월 한가위는
맑아야 좋다던데

환한 보름달에
소원을 빌면
정성만큼 들어준다던데

빌 것이 너무 많아
하나도 빌 수가 없구나.

보름날 저녁에
미륵산에 올라
돋는 달
지는 해
번갈아 보면,

태어남도 스러짐도
헛것이리니

차라리
소원 없기를
소원으로 빌어볼거나.

-「소원」전문

정월 대보름날 소원을 빌고자 미륵산에 오른 시인은, 소원이 너무 많다. 빌 것이 너무 많아 결국 소원을 하나도 말하지 못한다. 가슴속에 들끓는 번뇌들을 없애야 소원이 없어지지 않을까 생각해 보는 그는, 지는 해 돋는 달을 바라보면서, 생의 허무함을 깨닫는다. 차라리 소원 없기를 소원으로 빌어본다는 이 역설 앞에서 그의 자연과 삶에 대한 경건하고도 진지한 태도를 배우게 된다.

한 시인과
그 시인의 생애를 들여다보며
내가 살지 못한
또 다른 생을 읽는다.

내 어머니를 그리게 하는
극진하고 지고지순한
사랑의 시편들에서는
감성의 눈물을 닦게 하여
나를 정화하고

때로는

소름 돋는

치열한 작가적 정신을

전수받기도 하며

큰 시인에게서

가르침 한 수 얻는

열락悅樂에

(……)

기막힌 절창에

'옳거니' 무릎을 치고

치밀한 구성과

절묘한 흐름에서

'그렇지' 추임새도 넣으며

　－「詩集 속으로」 부분

　훌륭한 시들을 읽으면, 우리는 그 속에서 깊은 삶의 교훈을
얻는다.

　때로는 어머니의 극진하고 지고지순한 사랑에 대한 시를 읽
고 감성의 눈물을 닦아내며, 치열한 작가 정신을 배우게도 된

다. 큰 시인에게서 한 수 가르침을 얻으며 열락에 빠지기도 하고, 기막힌 절창에 깊은 감동과 공감을 얻기도 한다.

또한 때로는 치밀한 구성과 절묘한 흐름을 배우며, 내가 살지 못한 그 시인의 생을 읽어 내 생의 자세를 바르게 하려 한다는 것이다.

「詩集 속으로」라는 글에서는 시인의 겸허한 삶의 자세를 알게 되고, '시' 개념의 근원을 다시 한번 생각하게 하는 것이다.

시는, 난해한 문구와 비뚤임과 역설적인 상징과 긴장감으로만 쓰여야 한다는 '신비평주의자'들New Critics. 그들의 견해가 절대적이지 않다는 것을 나는 항상 강조하고 있다. 그런 점에서 이 글은 쉬운 듯 결코 쉽지만은 아니한 좋은 글이라고 말하고 싶다.

구름을 흘려
낮달을 지우고 가더니
하늘을 대청소하느라
진종일 장대비를 퍼부었다.

비 그치는 자리
바닥까지 드러나는 명징한 어둠을
팔 걷고 건져 올린다.

솔바람 가지 사이로 흩어지는
그리움 몇 조각
닿을 수 없는
공중의 별로 쏘아 올렸다.

은빛 가루 부딪는 기척에
놓치고 온 젊은 날의 뒤안길
가만히 들여다보게 하는

밤의 고요를 닦고 있는 이
－「누구십니까」전문

　진종일 장대비를 퍼부었던 날씨, 그 비가 그친 자리에 바다까지 명징한 어둠이 내려앉는다. 그 어둠을 건져 올려 솔바람 가지 사이로 흩어지게 하면 그리움이 조각조각 하늘의 별빛 되어 쏟아져 내린다. 은빛 가루같이 부서지는 그리움을 가만히 새겨보면, 아름다운 젊은 날의 뒤안길이 고요하게 여울져 옴을 느낄 수 있다.
　그런데, 이 모든 아름다움과 명징한 어둠의 세상을 만드신 이는 과연 누구일까. 누가 이 그리움을 하늘의 별빛처럼 쏟아져 내리게 하신 것일까. 시인은 그 어떤 신비스러운 절대자를 향하여 구원과 존경의 메시지를 보내고 싶어 한다.

고목이라 참 편한
느티나무 있다.

빛을 업고 있는 그늘이
짙고 푸르다.

서서히 드러나는 옹이의 결은
낙관인 듯
숭고하고 거룩하며

갖은 풍상을 딛고
오늘을 이루었다.

온몸으로 삶을 개척하며
식솔들 거느리고
거친 세상 한가운데를 건넌

선구자의 전범典範이 된
이 땅의 아버지들과
우리들의 할아버지를 사표師表로 삼았다.

뻗어나간 가지마다

살아온 내력을 압축해 놓은

(……)

한 고을을 섬겨

안녕을 지키는 성주城主로

오늘보다 더 나은

내일의 큰 그늘을 짓고 있다.

　　－「어느 古典 4」부분

　갖은 풍상을 겪고 빛을 업고 있는 커다란 고목. 짙고 푸른 그늘을 안고 뻗어나간 가지마다 살아온 내력을 알려주는 듯한 고목. 그러한 고목에서 선구자의 전범으로 살아온 우리들 할아버지와 아버지를 발견한다.

　오랜 세월 동안 한 고을을 섬겨 안녕을 지키는 성주처럼, 커다란 그늘을 짓고 있는 고목에 대해 깊은 사랑을 느끼며 칭송을 아끼지 않고 있다.

　자신의 그러한 관점을, 시인은 세상의 한 전범으로 사유하여, '고전'이라는 시제를 부여하고 있다.

　　신문지로 싸두었던

　　포장을 풀어

아는 사람만 아는
한 화가의 그림을 다시 건다.

'내 그림의 제목은 모두 Image of Tongyeong'
이라 했던 사람으로
해학과 재치가 넘쳤고
늘 변방을 고집하며 어디에든 매이기를 원치 않던 사내

추구하고자 한 개인적 理想에 가치를 두고
현실을 떠다니는 이방인이자 이단아로
삶이 풍류였던 자칭 '居士'는

버릇처럼 자주
세상을 떠날 때, 입을 귀에 걸고 갔으면 좋겠던 대로
그렇게 떠났을까.

다방면에 재능과 재주를 타고났으면서
굳이 그런 면면을 나타내고 싶어 하지 않던 그가
완성도를 높인 가장 본인다운 작품을 보여주어야 할 때에
육신을 벗고 홀연히 지상을 떠나버린
우리의 슬픈 野人이여!

생전에 받은 두 점의 소품이

벗이 가고 없는 훗날에

정표情表 삼으라는 약속이었는가.

　－「그림을 걸며」 전문

　나방면에 천부적인 재능을 드러냈으나 고인이 되어버린 어느 훌륭한 화가를 만난다. 죽은 벗에 대한 그리움과 애석함이 시의 구절마다 드러나 있다. 고인이 살아생전 선물하였던 그림을 걸며, 이 세상에서 못다 한 그의 재능을 아까워하고 그리워하고 있다. 이 차갑고 어지러운 세상에서 탁월하고 맑은 영혼을 지녔던 그가, 세상과 화해하지 못하고 아깝게 고인이 되었음을 애통해 한다.

　이처럼 애통한 마음은 시인의 또 다른 시 「미완의 절창으로」에서도 잘 나타나고 있다. "작별할 그 어떤 기별도 없이／ 몇 줄의 시처럼 가시다니／ (……) ／ 그 몇 해 후쯤／ 어느 '가을전람회'에 초대되어／ 지난날 우리들의 노래를／ 다시 부를 수 있을까요?" 고인이 된 '안삼현 시인'에게 바치는 노래가 그러하다.

하늘이라도 쪼갤 듯

살벌하게 허공을 후려치는

바람의 몸놀림이 심상치 않다.

생성의 시작과
소멸의 끝을 알 수 없는
치명적인 소리의 파도를 일으켜
어둠의 아귀 속으로 집어삼킬 듯
집채를 휘어잡고

잡힌 집채 휘청일 때마다
일제히
크고 작은 나무들이 뿌리째 뽑혀
핏기 가신 맨몸으로
나동그라지는 암담한 시각

달과 별들이 무너져 내린 밤을 찢고 나와
사나운 혈기로 노리는 목숨은
누구일까

(……)

칠흑의 벽을 할퀴며 떠나지 못하는 울음이
혹, 이승에서 풀지 못한 한으로
승천을 미룬 채 구천을 떠도는
어느 여인의 혼백은 아닐까

(……)

子正을 지나도록
소리 뒤에 숨어
목숨 아닌 또 무엇을 넘보는지
좀처럼 정체를 드러내지 않는
저 바람 속의 눈

(……)

－「어느 子正 무렵」 부분

자정을 넘기고서도 살벌하게 지상을 내리치는 거대한 태풍을 경험한다. 밤을 새우며, 혹 무슨 일을 저지를지 몰라 노심초사했던 기억을 한다. 아마 태풍 '하이선'을 기억하는 사람은 모두 공감하리라 믿는다. 창을 뒤흔들고 대지를 뒤흔들며 포효하던 태풍의 위력을 회상하지 않을 수 없을 것이다.

그것은 마치 이승에서 풀지 못한 한을 어쩌지 못해 구천을 떠도는 망자의 구슬픈 몸부림일 수도 있다. 아니면 피할 수 없는 재판의 법정에서 죄를 묻는 엄중한 판결의 순간일 수도 있다.

감히 넘볼 수 없는 자연의 위력 앞에, 인간은 결국 겸허해질 수밖에 없음이다.

마음이 흔들린다는 건
아름답지 못한 일이다.

흔들리는 마음이
누구에게 내비친다는 것
또한 그런 일이다.

속이 깊지 못하다는 건
그동안의 기개氣槪도 저버릴 수 있음을
인정하는 일이다.

높고도
단단하다 이름하던

어떤 山
하나

그마저
허방을 짚고

나를

뿌리째

흔들고 있다.

　－「나를 흔들다」 전문

　또다시 시인은 깊은 사유의 심연에 빠진다. 마음이 흔들림은, 속이 단단하고 깊지 못함일까. 높고 단단하다 믿었던 마음속의 산 하나, 그마저 허방을 짚은 듯 나의 내면 속 마음을 뿌리째 흔들고 있으니, 그동안의 기개도 허망하게 저버릴 수 있음을 뜻하는 것이 아닐까. 나의 내면의식이 단단하지 못하고 흔들릴 때, 높고도 단단하다 일컬었던 그 산 하나라도 허방을 짚지 않았다면 얼마나 좋았을까. 뿌리째 흔들리는 자신을 돌아보며 깊은 생각에 잠기는 시인이다.

　이러한 생각들은 「나를 넘지 못하면」에서도 잘 나타난다. "내가 나를 넘지 못한다면", 어떻게 이 모든 것을 극복하고 헤어날 수 있을 것인지. 숲을 헤치고 산을 오르고서야 모든 것을 이겨낼 수 있을 것이라는 단단한 생각을 하고 있다.

　## 4. 서정이 넘치는 곳, 그곳에 아름다운 예향 통영이…

　김 시인의 시에서 서정이 넘치는 곳에는, 언제나 사랑하는 예향 통영이 있다. 자신의 고향을 사랑하지 않는 사람이 있으랴만, 김부기 시인의 고향 사랑은 유별나다.

누구나 다 한때는 바람이다.
나도 그때는 무형의 바람이었다.

거스를 수도
거스르지 않을 수도 없는
세상의 한가운데서

나다운 나를 위해
수만 가지의
바람을 자르며 왔다.

남길 것만 남기고
가질 것만 가지면서
나를 자르는 작업이었다.

(……)

모든 것이
모두 한때라는 것
그걸 미리 안다는 지름길을 두고
어찌 비켜서 왔을까.

(······)

전설이 바래면 신화가 되듯
혁명을 넘어 지금을 이루었다.

다시 바람이 분다.
나를 자르는 작업이
내일로 이어지는 행렬

떠나왔던 본래의 자리로 돌아가는 노정이다.
오랜 투병 끝에 생채기를 어루며
건강한 생명에로의 회복이다.
귀항이며, 귀향이다.
　　－「귀향」 부분

　인간은 때로, 자신의 행로를 벗어나고 여지없이 일탈하고 싶
은 충동을 느낀다. 그것이 소위 길 위에서의 '원심遠心욕구'이
다. 현실에서 벗어나서 먼 곳으로 떠나고 싶은 욕구를 의미한
다. 그러나 인간은 그 원심욕구에서 피로를 느끼고, 다시 본래
의 자리로 돌아가고자 하는 어쩔 수 없는 욕구를 깨닫는다. 그
것을 일컬어 '회귀욕구'라고 말한다. 다시 말해서, 그것은 소위

원심욕구로의 '일탈'과는 반대로, 돌아가고자 하는 '회귀'본능
이라는 것이다. 우리는 삶에서 원초적으로, 일탈하고자 하는
욕망과 회귀하고자 하는 욕망을 숙명적으로 지니고 있는 양면
성이 있다.

문학작품에서 우리는 이러한 현상들을 수없이 지켜보았고,
거기에 따르는 슬픔과 분노와 욕망의 대치 구조를 숙명적으로
살펴볼 수 있었다.

김 시인의 경우에도, 한때는 무형의 바람을 체험했고, 세상
일을 거스르고 싶은 욕망과 거스를 수 없는 아이러니한 현상을
운명적으로 느꼈던 것이다. 바람을 따라나섰다가 본래의 자리
로 돌아가는 회귀로의 숙명을 어쩔 수 없이 체험한다. 그것을
그는 '건강한 생명으로의 회복'이라고 했으며, '귀향'이며 '귀
향'이라고 했다.

고향은 어쩔 수 없는 숙명으로 그를 기다리고 있는 귀향의 본
거지이며, 귀향의 아름다운 서사시적 원초지임을 깨닫게 된다.

어디에고 몸 둘 곳 모르는 시간에

눈부신 햇살

찻잔으로 가리고

나를 기울이면

만사 제치고 떠나는 이들의

침묵의 말과

행복스런 그림자가 보인다.

무작정 저어 가던

우리의 분별없던

사랑의 물살도 보인다.

찻잔 속에 어리는

지난날의 잔영이

꿈결만 같다.

　　－「茶차가 있는 시간」 전문

　찻잔 속에 어리는 지난날의 분별없던 사랑의 물살을 본다. 포도주 잔에 어리는 눈물 같은 연인의 눈망울을 보는 W. B. 예이츠의 시구절을 생각하게 한다. 시인 예이츠가 평생 짝사랑했던 연인을 그리워한 유명한 시구에서다.

　김 시인은 '사랑'이라는 언어를 매우 아끼는 시인이었다. 너무나 소중한 것을, 쉬 드러낼 수 없는 귀한 영토 안에 두고 싶었음일까. 혹은, 사랑이란 차마 발설하기 아까웠던 언어였음일까. 그는 이 언어를 쉽게 표현하지 않은 것 같다.

　응달진 산비탈

　한갓진 바위 틈새

곧은 듯 휘어지며
가는 잎새 길게 뻗고

겨우내 기다리던 춘란이
기지개 켜듯 꽃망울 터뜨린다.

봄빛으로 가슴 적신 꽃잎은
느릅나무 까치와 손님 맞고

얼음 풀린 실개천
물소리 너머로
푸르름은 고요히 번져가는데

어디선가
가야금 줄 고르는 소리
　　－「조춘早春」 전문

　시인은 다시 조용히 자연을 들여다본다. 응달진 산비탈의 바
위틈에도 가만히 봄은 찾아오고 있다. 겨우내 기다리던 춘란이
마침내 꽃망울을 터뜨리고 봄빛은 느릅나무 위의 까치에게도
새봄을 전한다.

누군가 반가운 손님이 찾아올 것 같은 봄, 얼음 풀린 실개천에도 푸른 봄 소리가 번져 흐른다. 봄은 가야금 줄 고르는 소리인 듯 맑고 고요히 온 대지를 휘감아 온다.

　　마음이 따뜻하지 않은 사람에게 봄은 쉬 오지 않는다. 천지가 온통 봄빛으로 빛나고 푸른 대지가 손짓하여도 마음속에 봄이 오지 않은 사람은 봄을 제대로 느끼지 못한다. 봄의 푸름과 따뜻함에서 가야금 소리를 듣는 시인의 마음은, 오랜만에 보게 되는 삶의 온기이다.

　　아름다운 서정과 고향에 대한 애정과 그리움은 그의 시 곳곳에서 표현된다. 「봄 마중 · 3」에서의 아름다운 수향水鄉과, 뱃고동, 바닷물 소리, 「겨울 이야기」에서의 멀리 사라진 추억 속의 고향에 대한 그리움, 「봉숫골로 오셔요」에 드러나는 마디마디 고향에 대한 사랑과 자부심, 평인일주도로의 개통식에서 힘차게 드러나는 고향에 대한 자부심(「새로이 길이 열리다」), 강구안 바다에서 느끼는 삶에 대한 따뜻한 성찰(「날마다」), 축복받은 땅으로 느끼는 아름다운 고향 예향으로서의 통영에 향하는 자부심(「예향 통영」) 등 그의 시 곳곳에서 표현되는 고향은 시인의 삶의 원동력으로서 존재하는 터전이다.

　　마주한 하늘 한 자락 풀리어

　　나에게로 다가오더니

이내 비가 되어 흐른다.

무엇인가 무엇인가 꼭 환생할 것만 같은
이 고요한 속삭임에
나를 에워싼
세상은 설레고

먼 그날
고이 묻어두었던 슬픔 하나
젖은 가슴 속에서 뒤척인다.
　－「봄비 내리는 뜨락에서」 전문

　봄비 젖은 가슴 속에서 고이 묻어두었던 슬픔 하나가 먼 그날을 되새기며 뒤척인다. 무엇인가 그리움 속에서 묻어두었던 소중한 것이 환생하여 세상 속으로 나타날 것만 같다. 봄비 속에서 가슴이 촉촉이 젖는 아름답고 먼 그리움 하나 다가올 것만 같다.

　이 고운 봄비의 서정은 버릴 수 없는 그의 시의 본향이다. 시에서 서정의 바탕이 없다면, 그것은 죽은 이의 중얼거림일 뿐이다.

5. 다시 시의 서정 속으로

시가 반드시 고도의 응축된 상징과 은유로 점철되어야 하는 것은 아니라는 생각이, 시에 대한 나의 변하지 않는 견해이다.

T. S. 엘리엇을 비롯하여, 뉴 크리틱스, 모더니스트, 초현실주의자… 등 수많은 유파의 시인들이 별이 뜨고 지듯 나타나고 스러지고 했지만, 결국 그 시들의 근간에는 '서정'이라는 너무나 확실하고 도도한 정서의 물결이 깔려 있었다.

T. S. 엘리엇은 시 「프루프록의 연가」에서 '저녁놀'을 '수술대 위에서 에테르로 마취된 환자' 같은 것이라고 직유하였지만, 그의 시의 근간으로는 서정이라는 아름다운 정서의 물결이 면면히 흐르고 있음을 알 수 있다.

김부기 시인의 시에서도 무수히 흐르는 서정의 물결들을 발견할 수 있었고, 특히 그 서정의 근간에는 아름다운 '고향'이라는 터전이 마련되어 있었다.

고향이라는 곳, 특히 바다가 없이 그의 시는 출렁임을 잃고, 삶이라는 역동성이 느껴질 수 없었을 것이다. 항구의 갯내음과 바닷새의 풍경화가 없는 김부기 시인의 시를 어찌 상상해 볼 수 있을까. 바다를 사랑하고 물새 소리를 애정하였던 그의 시는 곧 그의 삶의 터전이었고, 출렁이는 서정의 물결이 아니었던가 하고 생각해 본다.

영원한 출렁임과 역동적 서정성을 잃지 않는 고향의 바다와 함께, 그의 삶과 그의 시가 더욱 아름답고 진지하게 익어갈 것을 기원하며, 이 글을 끝맺고자 한다.